传递一盏
古典的灯

马笑泉　著

湖南师范大学出版社

图书在版编目（CIP）数据

传递一盏古典的灯／马笑泉著．—长沙：湖南师范大学出版社，
2016.9
ISBN 978-7-5648-2496-9

Ⅰ．①传… Ⅱ．①马… Ⅲ．①诗集—中国—当代 Ⅳ．①I227

中国版本图书馆 CIP 数据核字（2016）第 125634 号

传递一盏古典的灯 Chuandi Yi Zhan Gudian de Deng
马笑泉 著

◇策划组稿：李　阳
◇责任编辑：刘　葭　李　阳
◇责任校对：胡晓军
◇出版发行：湖南师范大学出版社
　　　　　　地址／长沙市岳麓山　邮编/410081
　　　　　　电话/0731.88873071　88873070　传真/0731.88872636
　　　　　　网址/http://press.hunnu.edu.cn
◇经销：新华书店
◇印刷：河北浩润印刷有限公司
◇开本：710mm×1000mm　1/16
◇印张：9.5
◇字数：180千字
◇版次：2016年9月第1版　2024年9月第2次印刷
◇书号：ISBN 978-7-5648-2496-9
◇定价：39.00元

凡购本书，如有缺页、倒页、脱页，由本社发行部调换
本社购书热线：0731.88872256　88872636
投稿热线：0731.88872256　13975805626　QQ：1349748847

自 序

汉语新诗在确立之初，急于撇清与古典诗歌的关系，臣服于欧美诗歌的脚下。脱下长袍换上西装的新潮诗人们纷纷以成为"中国的惠特曼"或"中国的济慈"而自豪，诗歌上的"破四旧"远比小说和散文来得彻底。在这一选择的深层动机中是否存在哈罗德·布鲁姆所言的"影响的焦虑"暂且不论，单单是作为一种"文学革命"的简单粗暴策略，已然导致了新诗先天的营养不良和后天的聚讼纷纭。他国诗人想必对中国同行的这一集体选择感到不可理解甚至不无鄙视。很难想象博尔赫斯否定荷马，或者谷川俊太郎无视松尾芭蕉。尽管20世纪下半叶少数汉语诗人们已经意识到了这一重大弊病，频频在诗中向古代诗人致敬，但长期浸淫于西方翻译诗歌中所造成的"路径依赖"，决定了这种致敬姿态可嘉但实效甚微。有的诗人丧失了直承本国古典诗歌的能力，甚至公开宣告要依靠庞德去认识唐诗。从屈原到龚自珍，这两千年中大批优秀诗人共同积攒的辉煌遗产，如果无力在转化中继承和发扬，那将是汉语诗人的集体耻辱，而事实上，这一耻辱已背负多年。但有人还不以为耻，反而沾沾自喜，满足于在世界诗坛中做一个亦步亦趋的二等公民。

我无意倡导一种诗歌上的东方中心主义，正如我反对欧美中心主义一样。对于任何一个国家的诗人来说，在继承传统、立足本土的基础上兼收并蓄，永远是创作的正道和大道。多年来我同时创作新诗和旧体诗，并未有违和之感。因为我创作的是汉语诗歌，体式或有不同，但其精神和语感是一脉相传的。杜甫"尽得古今之体势"，威斯坦·休·奥登能自如运用从古至今的各种英语诗体写作。东西方这两位大诗人对传统的态度和由此所取得的卓越成就，永远是我所认同和效法的。

目 录

雨中的红楼 …………………………………… 001

秋夜 ………………………………………… 002

传奇 ………………………………………… 003

月下 ………………………………………… 004

独坐江边 …………………………………… 005

七夕怅吟 …………………………………… 006

红烛之夜 …………………………………… 007

情关 ………………………………………… 008

梅 …………………………………………… 009

赠内 ………………………………………… 010

丁香 ………………………………………… 011

少年游 ……………………………………… 012

杏花 ………………………………………… 013

送别 ………………………………………… 014

木槿 ………………………………………… 015

性情 ………………………………………… 016

水仙 ………………………………………… 017

古人题壁，我题黑板 ……………………… 018

夜雨 ………………………………………… 019

东风 ………………………………………… 020

燕子 ………………………………………… 021

临窗 ………………………………………… 022

牡丹 …………………………………… 023

问彼 …………………………………… 024

菊花 …………………………………… 025

四月 …………………………………… 026

青梅 …………………………………… 027

炎日 …………………………………… 028

蜜桃 …………………………………… 029

偶题 …………………………………… 030

秋叶 …………………………………… 031

世事 …………………………………… 032

秋水 …………………………………… 033

短歌行 ………………………………… 034

红烛 …………………………………… 035

咏怀 …………………………………… 036

湖边小寐 ……………………………… 037

幽境 …………………………………… 038

白鸟 …………………………………… 039

资江春水 ……………………………… 040

暮江 …………………………………… 041

自问 …………………………………… 042

钓鱼 …………………………………… 043

相思 …………………………………… 044

驻足资江上游 ………………………… 045

嗅蕊 …………………………………… 046

叔水，或者辰河（组诗） …………… 047

感怀 …………………………………… 051

雨中游双清亭 ………………………… 052

夜游双清 ……………………………… 053

山中偶得 ……………………………… 054

此去 …………………………………… 055

高登山石寺 …………………………… 056

山秋 …………………………………… 057

都梁五咏（组诗） ………………… 058

登南岳 ………………… 066

虎形山 ………………… 067

远望南山 ………………… 069

无限山野（组诗） ………………… 070

蓝山 ………………… 074

黄山四景（组诗） ………………… 075

月夜游双龙紫薇园 ………………… 077

白云岩感悟 ………………… 078

游白云岩口占 ………………… 079

初冬访药山寺 ………………… 080

咏当今国内某些寺庙 ………………… 081

访魏源故居 ………………… 082

题古楼云雾茶 ………………… 083

攸县三咏（组诗） ………………… 084

油茶之都漫咏 ………………… 087

黄鹤归来 ………………… 088

重阳节感赋 ………………… 090

一条目中无人的鱼 ………………… 091

雨中花 ………………… 093

小小古城（组诗） ………………… 094

冬日立院中口占 ………………… 096

乡村散页（组诗） ………………… 097

村景 ………………… 102

曹操 ………………… 103

鲁迅 ………………… 105

送张建安之怀化 ………………… 106

题鲁之洛老先生《小城旧韵》 ………………… 107

致友人 ………………… 108

赠李晓君、王芸贤伉俪 ………………… 109

浪子 ………………… 110

陆小凤 ………………… 111

拳手 ………………………………… 112

侠隐 ………………………… 113

刀客 ………………………………… 114

轻狂 ………………………………… 115

剑士 ………………………………… 116

侠客 ………………………………… 117

北地行 ……………………………… 118

江忠源 ……………………………… 119

病禅 ………………………………… 120

南怀瑾 ……………………………… 121

雨夜 ………………………………… 122

赠台湾友人 ………………………… 123

思 …………………………………… 124

佳人伴高士 ………………………… 125

咏竹 ………………………………… 126

寄亦泉 ……………………………… 127

暮色 ………………………………… 128

花叶吟 ……………………………… 129

瓷像 ………………………………… 130

题宝玉入太虚幻境一节 …………… 131

题老后"大山的脸谱"系列摄影作品 …… 132

题拙作三种 ………………………… 133

哲学家与老农 ……………………… 134

卡拉 OK …………………………… 135

幽会 ………………………………… 136

倩女为尼 …………………………… 137

英妹子茶 …………………………… 138

佛云 ………………………………… 139

我在王村干了些什么 ……………… 140

毕业感别 …………………………… 142

此诗 ………………………………… 143

鹏声 ………………………………… 144

雨中的红楼

我始终走不近那座雨中的红楼
我尝试过各种方向但我走不近
那座雨中的红楼
但我知道在楼上对镜梳妆的
就是我要找的那个人
我一直不倦地向那座雨中的红楼走去
因为我知道我要找的那个人
她正坐在镜子中默默地等待着我

秋夜

红灯映雨雨偏寒

晦晦冥冥几许烟

老树庭中哭瑟瑟

佳人帐里怅闲闲

玉心为我伤心碧

秋气将侬肆意怜

细细幽幽听欲尽

三更梦里兴波澜

传奇

虚空中的花

已袅袅起舞

露水凝成的手

轻轻拨动

绷紧在两颗心之间的弦

传奇将在白纸的肉体上写下

浓墨的夜色中

那个等待中的君王

却迟迟不来

月下

也有红尘飞不到
清香桂子浴春葱
山盟海誓无一字
尽在相携脉脉中

独坐江边

那只曾载她过江的船
在青石码头边空等了许多年
看不见的人于月下吹箫
潮水和忧伤涌上心头

七夕怅吟

最是一年惜此夜
金风玉露恋难休
红尘亦有情痴者
咫尺天涯泪暗流

红烛之夜

红烛的夜晚若明若暗
细腰与柔情盈盈堪握
当风吹熄了屋顶的星光
是谁的眼泪悄悄滴落于
夜晚的宁静面庞

情关

洞明世事行无碍
挥洒诗文总顺心
惟有情关勘不破
花前月下久沉吟

梅

长街铺满寂静

梅花闪现高华

你清冷的足音后面

跟随着今冬的第一场飘雪

来和去都宛如梦境

梦中总萦绕着纯粹的冷香

当柔细的花身从怀抱中滑远

那白色的忧伤

已悄然覆盖了整条长街

赠内

少小孤沉久

逢卿始展眉

情浓花上蜜

意固雪中梅

漫步娇携手

闲读喜坐偎

红颜极解语

不饮已千杯

丁香

丁香的夜晚垂下

雪白的颈脖

紫色的嘴唇无声啜饮

杯中的清愁

爱情总是发端于

一些细小的事物

是谁感觉到了夜晚的湖水

已开始了微微波动

少年游

痴绝不解厌韶光

半卷南华尽日游

月到朦胧诗正好

琴偏寂寞雨宜幽

长思万里文章路

难忘千年礼乐周

风转落梅轻掩处

纷纷回望倚清愁

杏花

杏花喝醉了酒
在枝头小憩
杏花的脸颊嫩如早春
有人在树下徘徊
仰望良久
当他满怀惆怅地转身
杏花却偷偷睁开了眼
一林的春色欲语还休

送别

二月长亭下

寒春怨落梅

溪云红胜火

山色黛如眉

岂念西窗雨

休提孟女碑

殷勤歧路里

柳色看还微

木槿

木槿在山中聆听流水
红衫透露出云的飘逸
流水在为她弹奏古琴
白袍流泻着风的洒脱
一千年都过去了
谁也没有说出那一份心迹
流水依旧弹奏着古琴
木槿含着微笑在聆听

性情

情合寒夜潇湘雨
性喜凭栏斗酒诗
策马西风一笑过
独孤底细少人知

水仙

这不是花这是天使的光

当我屏住了呼吸

伸出的手又无声缩回

我不敢触碰这处女的雪

最木讷的人也领略到了美的震撼

最冷酷的人也溢出了心底的柔情

当她提着裙子站在水上

轻盈地一转身

整个世界都睁大了眼睛

发不出半点声音

古人题壁，我题黑板

流年岁月弹指短

冬夏春秋更始繁

少年当思年少事

飞身上马笑安然

夜雨

雨在窗外陪我聊了半个晚上
却始终害羞不肯走进我的房间
当我把门突然打开
她明亮的衣裙在黑暗中一闪而没

东风

东风也晓高台好

绕树牵衣媚有声

凌虚谁会凭栏意

寂寞入骨是此生

燕子

去年的燕子依约前来
它带来南方以南俊俏的风景
那边的山川秀丽　爱情温暖
但没有我和她共同度过的春天

临窗

书生意气何萧散

展纸临窗兴已酣

摹写黄庭三百遍

自得妙韵上笔端

牡丹

那一夜牡丹从城市的庭院出走
我承认那一夜牡丹
敲开了我隐居在乡下的小屋
但现在它早已回到
那天生就属于她的地方
而我也在拼命忘记
我们那晚到底做过些什么

问彼

问彼逍遥客

缘何海上浮

相交天下满

知己几人无

菊花

菊花们昨天来我家坐了坐
淡淡的香气至今还萦绕在心头
我与着黄衫的姐姐聊了会家常
而向穿白裙的妹妹多看了两眼

四月

四月迷茫天地雨
黄昏偶遇一方晴
幽凉古意凭谁觅
高处风长任满襟

青梅

青梅妹妹总是呆在幽寂的地方
在让人怅望的角度低首静思
你怎么喊她她都不回头的
你不是青梅妹妹要等的那个人

炎日

炎日清风难再起

白衣少年望山愁

前途欲问何方去

探路登高路太幽

蜜桃

通过一只蜜桃
我熟悉了你的身体
通过蜜桃的汁液
我品尝了你的多情
在春天开花在夏天结果
你要的爱情浓烈又短暂

偶题

抛书弃卷笑小儒

才见池荷始染朱

拂尽清风经史事

而今重做濠梁鱼

秋叶

秋叶是春花的另一种姿容
秋叶的红被岁月淘洗得更醇
它在风中回首的那一眼又冷艳又哀婉
令我痛惜在春天错过的那场爱情

世事

世事何营扰

纷纷似梦尘

尘非拂可去

梦是挽难珍

寂寞生与死

沉深意并神

茫茫知所至

无处不新坟

秋水

我永远都忘不了她的眼睛
她的眼睛里有一片无垠的秋水
只那样温婉忧伤地看了我一眼
这一生都怀着遗憾在秋水中飘荡寻找

短歌行

非我不敏

心实长明

非我不欲

默默将鸣

鸣上九霄

四海皆应

高山流水

独贵此音

情比天高

万物一轻

情何以堪

寂寞清吟

红烛

你燃烧自己给我安慰
你流下红泪与我道别
走到人生的冬夜我才突然惊觉
原来你一直都默默陪伴在我身旁

咏怀

默默经年察世道

龙泉炼就岂心甘

大千世界谁知我

独上高楼看万山

湖边小寐

隐居于幽谷的小湖
它的寂寞无须倾诉
随湖水一起睡去
就会有清泉更清澈地到来
流过双耳

恍惚间一尾青鱼
从身体中跃出
睁开眼睛
惊觉岸边开满
溅起的水花洁白
而它已更深地潜入梦中

另一个我凝视湖水
怅然若失

幽境

积雪释空山

翠痕绕碧潭

羽衣忽照影

绝响凝清谈

白鸟

白鸟从水中的圆月里面飞出
一只接一只降落在岸边的树枝上
它们俯身察看的江面很平静
只有那轮大月亮在江心微微波动

资江春水

余寒百里凝滩碧

飞雨桃花岸上疏

一夜大江春水涨

东风欲钓万鱼出

暮江

夕阳从渔网中滑落

无数通体燃烧的红鱼

摇着尾巴遁入黑夜的江心

明月自水底轻轻浮上天空

自问

扪心自问文章事

信手挥来有几何

万卷诗书出圣手

还从造化炼清歌

钓鱼

钓鱼人在岸边
空等了许多年

那条鱼在梦中
静静呈现

想起它小巧的嘴
和冰凉的吻

钓鱼人抬头望天
一只鸟在白云间游动

相思

不见呢喃燕

清波独自思

伤心人远逝

杨柳还依依

驻足资江上游

它纤细的腰身孕育了
一群多么浩浩荡荡的儿女
在这众水的源头
只有几只白鹅在镜面上从容游弋

嗅蕊

嗅蕊分香君莫问

山林逸气胜书林

青天一啸云舒卷

千载悠悠鉴我心

赧水，或者辰河（组诗）

过河

时间的河面宽阔而迷茫

某些记忆仍青翠欲滴

目光拨开雾气

童年正从深处驶来

那一篙撑起的是一瞬　还是一生

太慢了　学校沙哑的钟声

已从对岸被惊鸟的翅膀驮来

太快了　仿佛才一回首

摆渡老人已消隐于永恒的静寂

那身微微发白的蓝中山装

仿佛昨天才洗过呀

而坐船的人再也回不到这里

能回来的只是积雨云般的梦

盛着午夜悄悄的叹息和

暗自压抑的泪水

石板桥

阿黄好像还在石板桥上漫步

但它其实是阿黄的孙孙

如果那年被故乡牵牢了衣角

此刻我就会晃进游客的镜头

夹着软白沙　扛着硬锄头

悠然步入一天的劳作

他硬朗　平静　如脚下青石

而我深陷于城市的沙发角落

忍受着腰椎间盘小小闪电的袭击

一任满河的思绪从笔尖无声流淌

漫过苍白且脆弱的纸张

哦　多么纯的河水像那年早晨的邂逅

哦　多么浓的雾气像那年早晨的离别

卖菜去

脚步拉近了码头

雨伞呼应着雨伞

斗笠在一旁含笑观望

担中的萝卜白如你

年轻时爱挽上袖子的胳膊

谁讲的　生计能淹没爱意

河水再宽再长

也覆盖不了小小乌篷船

从长发萦绕的青年

到短发利落的中年

这满河的风雨再烈

也总被你温柔笑意轻轻化解

为你我愿一辈子种菜卖菜

是的　我已成菜农

满面沧桑两腿泥土
但只有你清楚
我还是那个执着如故的乡村诗人
至今仍喜欢点上一盏煤油灯
在外出打工的女儿留下的草稿纸上
从容写下对土地和你的歌咏

船与树的对话

船：我守候了二十年
树：我守望了两百年
船：她每天都会挽着篮子从码头上走下
树：自从那天躲进河中她便失去了踪影
船：我把她拥进怀抱里，将风雨挡在舱外
树：我把雷电扛在肩头，把思念刻在脸上
船：她的肌肤像河流那样柔软
树：她的身姿像水草那样曼妙
船：为了她，我甘愿在河上浪荡一生
树：因为她，两百年我没挪动过一步
船：当她老去，不能再来，我将自葬于水
树：她消失时，仍然年轻，我会再等千年

私奔

请和我一起坐上竹木编成的时光机器
我要带着你回溯到青春年华
那时紫云英在两岸的田野中疯狂奔涌
那年的燕子远不如你娇俏活泼
上来吧　我要拉着你的手
像当年那样紧了又紧
霍乱时期的爱情又算得了什么

加勒比海不如家乡的河水清纯温柔

让年轻人嘲笑这老掉牙的私奔吧

我们不上县城也不进大山

我们就到对岸租一间小屋

我要找回年轻时丢失的那群蜜蜂

每天还从河中打捞上一朵湿漉漉的白云

那个月夜戛然中断的情歌

现在你可披着阳光大声唱完

我晓得你依然会含羞一笑

六十岁了

你羞涩的样子仍美得让我心疼

感怀

快意平生书在手
逍遥山水似无愁
一生几许感伤事
默聚心头独自揉

雨中游双清亭

雨加深了目光的苍茫

一帧关于瘦崖和小亭的图画

在水的渲染中

更加清朗

那隔代的钟声

又一次响起

想象的白云飞扬四溅

需要以整个灵魂倾听

内心之莲

才会感悟

缓缓舒展

而谁告知我这大雨的双清

今夜将有明月升起

如恋人目

照彻此生

夜游双清

古城夜色过江阴
长有诗文自古吟
君看双清明月里
苍崖瘦塔尽知音

山中偶得

山风吹奏起芦笛

云变幻无端

依然是千年前的舞姿

在这青山静谧的怀抱

无数生机野花一样隐现

此去

此去缘何事
白云岭上多
翠微流碧玉
石上远足濯

高登山石寺

石寺守护于绝顶

脚步和野草漫上台阶

一株龙虾花向我们点头

传达佛祖祥和的微笑

蒙尘的神龛上菩萨们还在静修

僧人们却已于百年前出门云游

只有大风传诵着佛号

寺后的断崖上空

一只山鹰翻飞

突然凝立于白云之下

可是进入了

伟大的顿悟

山秋

泉瘦山秋带月虚
枫红一度透霜皑
千峰万谷生寒气
摧去浮云几片哀

都梁五咏（组诗）

雪满云山

当最后一声鹤唳

消隐于苍穹

白羽

纷纷飘落

这是云山之巅

最为轻柔的事物

众云之中

最为纯粹的云

凭借想象的烈风

一夜可上九天

但我必须以微渺的脚步

一粒一粒

印上高峰万丈

雪路追忆虎豹的踪迹

而千年的白光依旧

佛号隐隐激荡

这是众木之中

最为祥和的声音

令人震动　安静

开始一生中少有的沉思

而我终于走在众山之上

独对着天地站立

内心的大雪苍茫

云山

你知道我的血在燃烧

你知道我已不会退缩

法相如岩

是谁在时空的秘处召唤

是谁在召唤

内心的铜钟隐隐振动

一个人行吟飘过资水

轻盈如燕　又突然而止

一片岩石矗立如佛

是石上开花的箴言吗

百里之外或千年之前

这一场相遇的缘法

就早已在一本失传的经文中

记载

以拈花般的轻柔靠近

那些文字古朴却还没有老去

再靠近一点
只须指尖轻轻一触
内心的铜钟便如雷激荡

而这远非一场梦境所能解释
或如石所刻
是如梦　如幻　如泡　如影
我听到如电的说法一闪而过
内心的铜钟开满莲花
我看见满山的树木披着灰衣
轮回中合掌听经的僧人
而我是不是这许多人当中
曾经的一个
如今却面对岩石的静默
泪流满面

哦
法相如岩
法相如石
不必太多丰富的表情
只需一个简练的暗示
便足以让我
深刻地领悟了一生

凌云塔

升起于每个早晨之上
掩映的雾霭如旗
每个夜晚

并不降落

仰仗神圣星光的指引

或是聆听太阳的召唤

在大风中坚持

一种向上的姿态

每天都能透过窗户凝望它

这使我领受莫大的幸运

彼此深存的缘法

凝望它它也凝望着我

相对静静守一条小河

一只河上仅有的翠鸟

和翠鸟偶尔掠过的稻田

其实我们所能看到的

往往只是

已经完成的外形

却难以深入它之内心

体悟一种精神

是怎样无畏地滋长

一种意志

是如何不屈地产生

哦

凌云塔

百年沧桑伟大的个体

给予我力量

向上

再向上

暴雨并不能摧毁

这般挺拔的姿态

即使有一天

它在时光里轰然坍塌

另一座同样的塔

也会在我心中

冉冉升起

吊花塔

那是万物扭曲的年代

一道骤来的霹雳

加深了毁灭

那是举世罕见的身姿

它在黑夜最黑的部分

挣扎　突然抽紧

骨头碎裂的疼痛

布满江面

那在噩梦中挣扎的十年

其实并没有远离

尽管它凄惨的阴影

似乎从未覆盖过

你和我年轻的生命

但这绝不能成为

今天彻底遗忘的理由

徘徊于无语的遗迹之上

这已成为伤痕的见证
甚至连野草也不愿掩饰
连江上的水鸟飞过时
这些喜爱欢叫的精灵
也保持了
必要的沉默

含恨的花塔啊
永不再现的花塔
告诉我
是什么样的残忍
扼杀了如此绝代的美丽
是什么样的疯狂
曾将整整一代人
引向悬崖的边缘

也许生命中过于沉重的询问
会加深青春的隐痛
而这正为我所渴求——
疼痛所产生的清醒
以及由此撑开的坚定
做一个直面悲剧的人吧
在这个不断引进喜剧的时代
做一个哀悼纯洁的人吧
在这个举世沉迷欲望的时代
如果还有另一场风暴来临
那像塔一样站起的人
决不会重蹈

你无声被肢解的命运

他要厉声地呐喊

震撼大江中所有沉睡的冤魂

他要伸出手臂

牢牢挽住太阳

你将在照亮百年的闪电中

目睹战斗者真正的风采

天地间最出色的同盟——

塔之剑

和

闪烁强光的太阳盾牌

走过木瓜桥

让我想象一九九八年的一天

或者有阳光

而我更愿是风雨

一个少年从这里经过

他看着桥上的标语

若有所思

时间因此在更深的地方复活

让我想象一九三零年的一天

或者为白昼

而我更愿是黑夜

一队红军从这里闪过

脚步急促　有力

时间的深处更深地陷下

让我想象这座桥在清代的一天
就已隐约显露历史的轮廓
而它在更久远的、我们无从考证的年代
就已经诞生
让我想象有更多的人
曾从桥上走过
迅速　缓慢　或驻足不前

在想象中我长久地凝视
这座真实的桥
并因此而明了
所有的胜迹
都是这样形成：
不同的人物
赋予不同的含义
不同的脚步
响起不同的回声

登南岳

云浮秀色南天里

人探幽微道纵横

欲看风光何处好

祝融请上第一峰

虎形山

苍然
从青天里步下
陡成一道
冷峻的目光
胸怀里吐纳
云雾万里

瑶家的故事天籁流传
而上古时代巫师的神咒
深深锁住一个
最美最野的秘密

而一万株古木站成
一万条端着酒碗的
好汉
风霜里畅饮了千年
唯留岁月斑驳的刀痕
记载了豪情

雪地里出没虎豹的踪迹

是年轻猎手傲寒的理由

幽深的眼睛

亮在黑林深处

危险往往只得

强者的睥睨一笑

是为了阿妹

她清溪边灼灼的期许

能在月圆时节

唱一支祖上流传的情歌

他高高举起

弯弯的长刀

映出一片

四射的野草

当夕阳滚落到

崖下的巢中

夜帷里四处响起

朴讷的节拍

响起无数堆篝火

无数堆山寨开始燃烧

惊鸟

它被欢歌

映红了羽翅

远望南山

南山远望白云里
此处长疑是道乡
万木无言生百鸟
千峰有意聚十方
钟鸣世外尘心悟
鹤啸寰中旅客欢
欲唤彭泽陶逸士
登临把酒兴飞扬

无限山野（组诗）

遇见清泉兄弟

在上山的途中

我遇见了清泉兄弟

它明澈的眼神

不含一点心机

低头看见自我的体内

多少世俗的渣滓

沉下又浮起

红花

这一树红花

安静地开谢在山中

无比寂寞的美让我

满怀惆怅

上山时遇见的那个村姑

笑得很慌乱

她不晓得自己的秀丽

多么令人吃惊

野情

山坡的躯体凹凸有致
青草盈怀满是爱情的气息
当风的手温柔拂过
连树木也忍不住发出
舒服的叫声

林中

松鼠在树上
排排坐　吃果果
黑瘦的野蚕
于半空修筑丝路
蚱蜢姑娘展开碧绿的披风
演习轻功
一只山雀
闪电般追上了它

泉眼

泉水和肉体
都很澄澈
念头只是一钩小虾
无声地弹起又落下

竹子

竹子在山中减肥
修炼成那样瘦削的美
竹子的爱情同样瘦削

风一吹
就发出萧飒的声音

山中人

石头在山中沉默了许多年
泉水替它翻译心声
在山岭上遇见了要寻访的人
我们一起静听流水的声音

灵花

我叫不出这朵花的名字
只看到它站在高高的山岗上
当五片金黄的花瓣缓缓合拢
天色一下子就暗了下来

狐狸

它在深夜散步从容胜白昼
兔子和母鸡都噤声不语
一溪月光
让这只狐狸陷入了沉思
直到想通了什么
它才踩着石头跳步入山林

独吟者

夜色如绸挂满山林
幽光似萤静静浮游
山雀和黄莺都已睡去

只有清泉还在小声唱着

晨读

小鸟把太阳叫醒
在霞光中它们进行晨读
鸟语在每片树叶上跳动
安静下来就凝结成
一颗颗透亮的露珠

山路

这是我曾经走过的山路么
我的脚印并没有在上面留下
当我在回想中看见
它盘旋迤逦的样子
另一个人正低着头走在上面

蓝山

散漫春风小道华

蓝山一带是吾家

无聊长作红尘客

不使归来弄晚霞

黄山四景（组诗）

始信峰

惊世的美

连绝谷都掩藏不了

山雀和黄鹂

拼命扑腾着翅膀

却尚未能触及美的腰身

这硬挺的风骨之美啊

让天空都显得很谦卑

在上面栖息的

只能是

傲视万物的鹰

西海大峡谷

内倾的美宛如大海

旅人也是潜水员

惊悚和犹疑

都阻止不了

他的深入　再深入

最后他甚至愿意

把自己埋葬于
这峡谷中收藏的
无垠秀色中

飞来石

飞来石你好
来尘世已多年了吧
却仍未能找到
在天庭期盼的那份情缘
只于云烟飘渺处
兀立出一种倔强的姿态
但许多人在你面前
应该感到深深的羞愧
终其一生他们都不能为了爱
作出断然的一跃
而只能仰望　欣羡
或假装嗤之以鼻

丹霞峰

矗立在导游的视线之外
只为坚忍不拔的脚步而存在
那个炼丹的人
早已乘云霞飞去
留下这方清净之境
让后来如我者
翘足而卧
看白云轻轻擦洗着蓝天

月夜游双龙紫薇园

登高心自远
九月上双龙
万里清风浴
千年朗月拥
紫薇幽影俏
蓝夜暗香浓
祈愿花长好
年年赏丽容

白云岩感悟

绿色的钟声是山野
心脏跳动的声音
是我佛慈悲的劝谕
震醒尘世最懵懂的耳朵

历尽了多少轮回
才能踏上这条缘法铺成的小路
两旁树木伸腰和叶落的声音
告诉我
生死只是两股
逆向运行的水流
在它们的交汇处
生长着清净永恒的莲花

在小路剖开的白云深处
端坐着一具
凝聚了八百年光阴的肉身
虔诚的香火在风中灿烂
而另一个他正重历尘劫
寻找更深的禅悟
我看见一张岩石的脸
在林间闪过

游白云岩口占

白云岩上白云涌
此心长与白云同
清风吹送千万里
蓦然回首听晚钟

初冬访药山寺

惟俨离去已逾千载

古樟仍在参禅

我还未能了悟自性

只能默立于空寂的祖庭

期待寒风能拂去些许

心头积尘

咏当今国内某些寺庙

朝佛也要收门票
未晓如来倡此风
但见香烛频起舞
不知哪处有高僧

访魏源故居

门没有敲
自己就开了
魏源已从清朝
远游归来

阁楼空寂
我翻看刚买的《魏源传》
隐身人在旁边
阅读他自己的一生

题古楼云雾茶

雪峰千仞腾云雾

万载古楼闪异华

幸有山歌飞旧道

始得灵水试新茶

攸县三咏（组诗）

宝宁寺

禅法隐居于深山
山路固然曲折
却直指求法人的诚心

今天我无所求而来
大雨洗出了天地的宁静
今天我随缘分至此
曹洞宗的高义若隐若现

那棵沉水樟从唐朝走到了今天
五色树叶预言过禅宗五叶法脉
默立是在它面前的最佳姿态
雨水将我的双耳淘洗得空灵

我看到一片新叶悠然舒展着身体
我听到不可说之神秘在潜入心灵

白龙洞

白龙深邃

但并不比美人的芳心

更难测度

亿万年细腻的光阴

凝结成清净的石头

它们静坐、参禅

偶尔被灯光和笑声唤醒

它们目睹一朵鲜花飘过

是否也曾感受到

心弦的莫名颤动

有人在幽暗的拐角

唱起了明亮的山歌

而我依然沉溺于

不可捉摸的温香和细语

当洞外的雨声

陡然溅入耳中

一把小伞将春雷

轻轻地

挡在了山林那边

酒仙湖

满湖秀色酝酿了千年

连滴酒不沾的人

也在瞬间迷醉

我把白云看成了你的裙子

我把清风听成了你的耳语
假如不是你的容颜青翠
我怎会甘于在水上徘徊

而这终究只是幻梦一场
当我醒后　独自倚栏
云水深处
有白鹭的身影一闪而过

油茶之都漫咏

油茶树

抱子怀胎藏大异

农民状貌命亦同

忍得千载风雨苦

笑看今朝万岭荣

油茶花

素颜不染凡花艳

月貌经霜韵更清

酿就心头一捧蜜

来偿人世种植情

茶油

色似黄金香似桂

千锤百叩现真形

养颜祛病长生药

籍在东方山海经

黄鹤归来

崔颢和李白已离去多年

毛润之雄浑的吟咏

也只能在波涛

夜以继日的拍岸声中

听到依稀的回响

但蓝天还在　白云还在

鹦鹉洲的芳草

也从唐朝一直绿到了今天

浩瀚的时光中

你曾换过几次衣裳

但从未打算换掉

原初的姓名和肤色

苍茫的历史里

你始终凝神倾听

捕捉宇宙深处那一声

响彻灵魂的鹤唳

无数烟花追逐白帆远去

雨水消逝的尽头

总能看到阳光明亮的笑容
你终于等到了
又一个伟大时代的降临
更多的诗人从四面八方赶来
他们斜倚栏杆
用诗歌把江山一遍遍爱抚
他们放声高唱的时候
连神龟和灵蛇也翩翩起舞

当那声期待了千年的鹤鸣
突
然
传
来
比往昔更清澈　也更悠长
许多人仿佛在瞬间凝固
只有你把身躯挺得更直
目光中透着无限欣喜
昂首向白云身后望去

重阳节感赋

长愿朝朝如此日
秋光似酒醉高楼
相逢但可开心笑
不必菊花缀满头

一条目中无人的鱼

它在镜中参禅
神态比岭上的白云
更加淡定悠远
似乎盈满清凉的石潭边
我们的脚步声
并没有像水花四溅
众鸟出林

纹丝不动的鱼啊
老僧入定的鱼
你让伟大而自负的人类
深刻地感受了一次
自身的微不足道
（他们捆绑起来的分量
在鱼兄的心中
都比不上峭壁间那只
向青天翻白眼的瘦鸟）

静卧并不意味着
与世彻底隔绝

在我们看不见的地方
或许世界正为你
悄悄地
打开了一扇小门
里面流淌着另一个
远为精妙难言的世界

当脚步声在水泥台阶上
开始变得干枯
我们还在继续谈论着
那条目中无人的鱼
有人语气激烈地断定
它乃景区人员制造的假鱼
（只是没有进一步论证
是塑料还是石头所造？
如何恰好悬浮于水中？）
我却突然间恍惚起来
甚至无法确定
在中国湖南洞口菲溪
是否真的遇到过一条
如此具有大师风范的鱼

雨中花

冷冷红一点
深深寂寞禅
无人知此意
独剩雨丝怜

小小古城（组诗）

老宅

野草在屋顶写诗

白蚁咀嚼往事

砖墙齿牙已脱落

历史的豁口很深

最后的吊脚楼

临河的每一户人家

都有一位老妇人

玄衣黑裤小脚伶仃

扶着吊脚楼的栏杆

她们颤巍巍地

回想出嫁时的风景

让我目睹了

往昔风景中最后的风景

河边的古塔

古老的男性生殖器

到如今仍雄起

多少朝代被风吹散

河流与少女依然年轻

渡船

时间像一件静物

渡船年年鲜活游动

时间像一尾鱼

突然弹出水面

渡船才发现自己

已经苍老

菜市场

用豆腐干打麻将

把猪血丸子做良心

买只土鸡回去当二奶

顺手把爱情

放在秤上称一称

米花

头饰鲜艳肉体洁白

这不是待嫁的少女这是

小城的米花

如果再把它

放到生活的油锅里

炸一炸

就会变得像少妇那样

香脆诱人

冬日立院中口占

读书磨剑几多年

意气消沉瓦肆间

惟有心中梅数朵

临风立雪不觉寒

乡村散页（组诗）

稻田

千万束金黄的箭

在秋风中放射光芒

大地呵　这张沉沉的、黝黑的弓

却始终沉住气　引而不发

丰收

主人在稻田里淘金

垄上黄狗四处巡逻

一只麻雀安全撤离

它答应保守这儿丰收的秘密

晒谷坪

稻谷挤在一起晒太阳

它们的梦是金黄色的

还散发着热气

连最贪心的农夫也不去打搅它们

挑草垛的人

他隐身在两堆草垛间健步如飞
一根扁担挑起沉沉岁月
隔老远我就闪在小路旁
几乎是表达了一种深深敬意

老妪

她曾经背着众多儿女
走在湘西南的田垄上
背着丈夫的责骂
和月光下晚归的柴禾
到如今她仍然弓着背
艰难地挪着步子
她身上背着一大堆
我们看不见的艰难岁月

土砖屋

把黑夜折叠起来
戴在头上
阳光和稻谷
都很温暖
黄皮肤的老砖屋
依然睡着懒觉
门口放哨的小狗
眼睛很亮

院子

阳光沿着木梯爬上瓦屋顶

乡村缓慢的时间流
推不动自负的石磨
锄头累了整整三个季节
正靠在墙角闭目养神

磨刀

村里人拿着月亮在磨
还用清凉的井水给它洗澡
月亮在这个村庄代代相传
永远都是那么崭新崭新

老巷

阳光像一阵雨滴落
老巷半明半暗
一头小牛从阴影中走出
它的眼神接近于无限透明

做客农家

板凳自己从桌腹下走了出来
火苗在灶间偷偷探出了头
小土狗审视这两个背相机的来客
最后确信了他们不是什么坏人

村庄居民

在圳边白鹅展现
早晨明亮的村庄
花公鸡整个白天都在追求

·

一只俊俏的小母鸡

黄牛老老实实

把夕阳驮回家

黑狗圆睁双眼

守卫在夜晚的门槛边

池塘

清风的腰身若隐若现

萤火虫提着小灯笼

在岸上巡逻

两只年少的青蛙

坐在荷叶上大声谈恋爱

一条水蛇心怀羞愧

悄悄地游走

乡村爱情

迎面走来的

这一对青年男女

面目平凡衣裳敝旧

边走边谈

他们像路边的草一样

笑得东倒西歪

请不要嘲笑

这乡村随处可见的爱情

他们看人的眼神

像树梢的小鸟一样

纯净又羞涩

告示

远方的客人请放心来吧

乡村没有防盗门

我家门楣上的照妖镜

从不照自己人

村景

兀那村童子

春寒陌上嬉

横笛催柳色

余响入清诗

曹操

打开诗集就能嗅到虚无

跳上战马就能闯进历史

目睹腾蛇和神龟的死亡

却始终把自己

装扮成暮年的烈士

对着心中明月

穷追不舍

没有人能读懂

面具变幻后的真我

或许这真我已融入了面具

割发代首与借头示众

有谁看清

掌中利剑双刃的闪光

紧握天下权力的枢纽

却轻易放走

一生中致命的敌人

青梅煮酒之后

悠然走向美人的膝头

英雄的寂寞需要慰藉

而对手必须存在

那一夜顺手牵动百万雄兵

铁链捆绑水波的流逝

君临南国的王

豪情汹涌无边浪涛

有谁知横槊赋诗

潜藏危险的浪漫

宿命的大火悄悄逼近

啊　在众人信服的仰视中

是多么孤独的乌鸦无枝可依

鲁迅

深慈隐在无情里

呐喊彷徨笔有神

白眼如刀读恨史

黑衣带剑掌孤灯

添伤每为青年故

减寿只缘赤县沉

寂寞生前身后事

精魂暗夜续何人

送张建安之怀化

资水浇灌了你
青葱的理想之树
沅江却将伴随你
辽阔的盛年征程

多少次畅谈　大笑
或结伴叩访
红丘陵茂盛的传说
欢乐的时光宛如白云
飘去又会悠然复返
正如离别是为了
下一次客舍中
茶香更醇的重逢

听吧
芙蓉楼清澈的钟声
正在召唤你
青山般厚实的身影
而这片
钟情于文学的冰心
到哪里
都会纯然如最初

题鲁之洛老先生《小城旧韵》

丹心谱写家园史

对此少年忆旧游

东塔凌云发壮兴

西门映月引清愁

独随细雨潜深巷

每伴佳人泛浅舟

彻夜难眠缘底事

小城旧韵漾心头

致友人

不要说出

太激情的字眼

在这柳絮春风

烟花时节

消闲的日子

长长的指甲

青天下同一种诗情

可凭窗下古琴

感应出几分

赠李晓君、王芸贤伉俪

鲁院一别忽四载

秋高喜会赣江边

时光镜像含清句

水韵江南蕴秀篇

才士从来情最重

佳人此后意恒安

三清胜境神仙侣

何日来游岳麓山

浪子

酒光里依稀泛起江湖的微笑
泪却流传在青娥凄凉的鬓间

白马与剑　潇洒永对的是
大荒的寂寞
身处秦淮　心却挥不去
苍茫的色彩

唯一能与诗人
驾驭追溯终极的目光
并肩在万山的焦点

他不怀死的恐惧　死亡是
寂寞名花燃烧它最后的个性
生　却是一只孑行的哀鸿
永远找不到　归宿的方向

但人前他扬眉——
"浪子三唱
不唱悲歌"

·

110

陆小凤

江湖知小凤

无翼破天罗

佛净尘埃妄

君清美玉琢

灵犀休腹剑

义气镇心魔

偶有花间倦

还将雅谑说

拳手

在反复锤打中提取砂石的硬度
比风更早地抵达烛光的熄灭
那一天他功成出师
大步跨过古寺寂静的门槛
惊破了山鸟卵形的透明之梦

一双拳头能否打尽天下不平
他击碎了无数头颅和心脏
血水渐渐模糊
善恶古老的界限
最后只有惨叫才能让他兴奋

某天他狠狠撞上命运的钢铁
在骨裂的疼痛中醒悟到
灵魂的破碎
这一刻他伸手入袖
拖着夕阳的影子慢慢步入深山

侠隐

剑气随风化
丹心有甚图
斯人何处逝
明月照江湖

刀客

像石头一样的沉默的人
对世界的所有看法
都是以挥刀的姿势完成

其实他更喜欢在静夜磨刀
让刀身渐渐融入白净的月色
当他抚摸刀身细腻的肌理
连睡梦中的少女
都感受到了温柔的爱意

终其一生他只恋着这把刀
他绝世的刀法是为它而练就
他每一次正义的出手
只不过是为了博取
它的粲然一笑

轻狂

轻狂年少称侠妄

直欲将身入海湖

弄剑腾光绝大宇

吹箫引凤逸华都

头颅直敢酬知己

傲骨拼将笑万夫

未老如今心先老

沉潜袖手对窗独

剑士

一剑斜挑起落日
一声长啸能使风云突变
清晨尚悠然品啜翠绿江南
夜晚却已痛饮塞北的星空

有三千奇葩曾在他剑下销魂
穷尽半生的行迹
却未能寻觅到梦中那朵
策动命运的马狂奔出不羁的英姿
却终究醒悟到
闯不出天地的牢笼

那一刻他像个孩子般号啕大哭
把剑深埋于内心的坟墓
却不知那绝世的花朵
在前面的村庄
正将他悄悄梦见

侠客

白衣胜雪剑如光
散发江湖处处香
万里杀贼缘底事
千秋仗义热肝肠
花中畅饮通天雾
月下低吟满地霜
毕竟大江东逝去
扁舟浪里望乡关

北地行

一剑汲取了漫漫冰雪的魂魄
一剑遂光寒北地

骏马如龙嘶吼出朔风的迅疾
骏马飞越过红旗

当长河已挽不住狼烟的升起
大漠上生长千万条残破的画戟
当鼓音被如血的残阳洗涤
边城上响起千万载悲怆的短笛

当冷冷婵娟化作闺人的清泪
无数双灼热的眼睛祈仰着天意
当荒凉青海栽下江南的杨柳
无数双手打起粗糙的节拍唱出了乡音

牵马缓缓走向归家的路
是南国带剑的游子

江忠源

书生锐将原一体

谈笑靖乡迹已明

侠气天生凝楚勇

宏图自铸导湘兵

迅雷破浪蓑衣渡

孤剑护城国士行

未了君王天下事

早得节烈万年名

病禅

孤独生长在药罐
病夫与美人仅隔一痕落寞

春天里生长葡萄的触须
延伸一秋天的阁楼

墙穿行而过

南怀瑾

东南生逸客

早有慕道心

显密行实证

仙佛许近聆

儒说疑未彻

释理确能明

迹近维摩诘

长得天女亲

雨夜

灯光下飘着雨
体内的河流有一些波动
许多鱼在夜色中闪动
往事的鳞光加深了雨意

赠台湾友人

九月炎潮消复涨

海风温润入湖湘

沱江含笑迎佳客

矮寨展容待锦章

本是同文心早契

况非异血愿今偿

洞庭浩浩韶山碧

已晓相思照故乡

思

卧于河上的小桥
乱蓬蓬的野草的长发忘记剪去
流水的怀抱里看不到
去春飞燕娇俏的身影

杨柳下低低走动一寒瘦的人

佳人伴高士

宝剑飞花引
纷纷舞作团
伊人独自睇
心下暗生香

咏竹

虚怀骚人

一万句清唱

风雨里

谦雅如君子

沧桑中碧影沉沉

生长不屈的傲骨

划开时光前

那些永逝悲哀

它举箫向天

吹出不朽的音声

也曾沉思千载

飘零朵朵

开花的梦魇

而到老苍白的面容

是藏住了

一节节幽情

寄亦泉

大江倚望风和雨

乳虎年华不必愁

又是一番新气象

层楼待尔去悠悠

暮色

一

美人在暮色中起舞
那个观舞的人在墓中静坐
谁将提笔记下
他们之间曾经有过的传奇

二

美人在往事中渐渐老去
暮钟响了
一个少年从墙头跳下
踩着荒草赶赴新约

花叶吟

一

花在风中泣
曾说羡彩罗
如今颜色好
却苦逝者多

二

叶落一杯酒
何人寂寞堪
眼前流水去
他日觅华年

瓷像

她把负心情郎的心摔碎
又在尘土中一一拾掇
置于永恒的烈火重新炼合

她把这颗心放进自己的胸腔
带着凄然而满足的微笑步入火焰
人世间遂流传着一尊素洁无瑕的瓷像

五百年后的莽撞少年撞翻了它
满地的碎瓷像细碎的白花开放
烘托的是半颗残缺的流血的心

题宝玉入太虚幻境一节

清魂午梦返仙真

往景前尘冷此身

野树托云常谢客

幽花酿雾素绝人

蝶踪鸟影无一点

琴韵箫情有几分

心有灵犀难自悟

为谁消受绛珠恩

题老后"大山的脸谱"系列摄影作品

岁月无数次犁过
那些脸上复杂的沟壑
掩藏或者彰显着
难以言说的思索

眼神深邃如村寨中老井
长久的凝寂中
也会有波光轻快一闪
百年时光之网过滤的身心
拥有更深沉的憧憬
更纯粹的喜悦

你将心化作镜头
脚步如私章印遍
大山每一个隐秘部位
当霜雪悄然覆盖
沧桑如土砖屋的脑门
你惊觉自己也变成
一张苍老而丰富的脸谱

题拙作三种

题《愤怒青年》

万种恩仇一剑了
少年血热复情专
请君细味江湖事
愤怒无端亦有端

题《银行档案》

档案从兹生血肉
别出新体秉孤灯
当时犹贵心平正
爱憎何能乱笔锋

题《巫地传说》

自古痴人别有寄
柳泉论鬼我说巫
奇情秘法皆成梦
起坐中宵听雨独

哲学家与老农

风与风的缝隙中
无名鸟一闪而过
哲学家深奥的脚步
在乡间阡陌中迷失了方向

老农大步走在露水丰盈的田埂上
笑容温暖如阳光下的稻田
他肩上的锄头硬朗且锋利
正是千年前传下的那一把

卡拉 OK

唱罢 K 歌即起舞

欢场子夜闹难休

彩灯晃动桃花面

明日相逢不可究

幽会

纯洁的月亮吃惊地瞪大眼睛
老练的乌云迅速地遮住它的嘴
守门的黄狗悄悄接受了贿赂
一溜小跑躲进柴屋边的阴影中

集市上卖肉的小伙子看上了种菜的姑娘
胸怀宽厚的夜晚目睹了这一切
流传千年的故事在今天又一次上演
它早已学会了不动声色

倩女为尼

铅华洗尽青灯里
一剪寒梅映玉冰
应是此间三界外
缘何风月恁多情

英妹子茶

三千年过去了
容颜依然青翠欲滴
时光中不变的美人
除了山歌般清澈的泉水
还有什么更适合
与你厮守到地老天荒

佛云

佛云万日指间轻

我视须臾万日经

壶里红花哭复笑

尘中翠玉黯还明

狂歌挽袖香车纵

醉卧铺云雾鬓萦

自是青春行乐好

何须苦恨到终停

我在王村干了些什么

买了双血统纯正的布鞋

黑白分明如立体老照片

阿婆叹息着说

我比过去慢多了

做一双要半个月呢

我默默接过

咽下一些心里话

您还能做呢

我的外婆

已把这份手艺

带去了另一个世界

妈妈和舅母们

全都不会啦

在硬朗依旧的麻石街上

脚步一缓再缓

目光刚收回又迅速放出

总在暗暗期待

上了那个坡

或转过那道弯

童年就蹲守在那里
准备着与我
撞个满怀

在盛情的簇拥下
当众提起了毛笔
手抖了三回
字写了两遍
幸亏心声传达无误：
湘西明珠
是明摆着的明
是不褪色的珠

毕业感别

梦里时光容易过

三年此际为谁吟

珍馐难慰幽幽意

美酒长倾恋恋情

自古红尘伤两散

如今银校饯独行

且持剑胆歌一曲

相会明朝凭此心

此诗

当地球毁灭
此诗仍将在太空中流传
带着人类鲜活的气息
或将孕育出另一个美丽的星球

鹏声

扬我垂天翼

翻腾旧海河

一拂云万里

吐气作新歌